뿔을 적시며

뿔을 적시며

이 상 국 시 집

창비

차 례

제1부

옥상의 가을

옥상에 올라가 메밀 베갯속을 널었다
나의 잠들이 좋아라 하고
햇빛 속으로 달아난다
우리나라 붉은 메밀대궁에는
흙의 피가 들어 있다
피는 따뜻하다
여기서는 가을이 더 잘 보이고
나는 늘 높은 데가 좋다
세상의 모든 옥상은
아이들처럼 거미처럼 몰래
혼자서 놀기 좋은 곳이다
이런 걸 누가 알기나 하는지
어머니 같았으면 벌써
달밤에 깨를 터는 가을이다

용량(容量)

영하의 날씨가 계속된다

엄동이다

길가의 나무들이 안으로 들어오고 싶어서 손을 흔들다가

차가 지나갈 때마다 저만큼씩 따라간다

냇물도 애들처럼 시퍼렇게 얼었다

히터가 제 몸에 달린 온도계 눈금을 끌어올리려고

애는 쓰는데 안되니까

버스매표소 구석에서 그냥 울고 있다

언 강을 내다보며

언 강을 내다보며 너를 기다린다

지난가을 첫서리 내릴 때쯤 떠난 황새를 기다린다

마을 덕장에서는 황태들이 고드름처럼 몸을 부딪치며
울고

무섭게 춥고 긴 내설악의 겨울

나는 매일 얼어붙은 강을 내다보며 너를 기다린다

봄이 오면 오겠지

네가 오면 무슨 좋은 일이 있겠지

국수 공양

동서울터미널 늦은 포장마차에 들어가
이천원을 시주하고 한그릇의 국수 공양(供養)을 받았다

가다꾸리가 풀어진 국숫발이 지렁이처럼 굵었다

그러나 나는 그 힘으로 심야버스에 몸을 앉히고
천릿길 영(嶺)을 넘어 동해까지 갈 것이다

오늘밤에도 어딘가 가야 하는 거리의 도반(道伴)들이
더운 김 속에 얼굴을 묻고 있다

용대리에서 보낸 가을

면에서 심은 코스모스 길로
꽁지머리 젊은 여자들이 달리기를 한다
그들이 지나가면 그리운 냄새가 난다
마가목 붉은 열매들이 따라가보지만
올해도 세월은 그들을 넘어간다
나는 늘 다른 사람이 되고자 했으나
여름이 또 가고 나니까
민박집 간판처럼 허술하게
떠내려가다 걸린 나뭇둥걸처럼
우두커니 그냥 있었다
이 촌구석에서
이 좋은 가을에
나는 정말 이렇게 살 사람이 아니라고
그렇게 여러번 일러줬는데도
나무들은 물 버리느라 바쁘고
동네 개들도 본 체 만 체다
지들이 잘났으면 얼마나 잘났는데
나도 더는 상대하고 싶지 않아

소주 같은 햇빛을 사발때기로 마시며
코스모스 길을 어슬렁거린다

집에 가고 싶다

소한날 나는 울산에 있었다
바닷가 허름한 식당 문짝에 고래고기 메뉴가 있었다
파주 어디에선가는 기러기탕을 팔던데
세상에, 그 아름다운 짐승들을 잡아먹다니
사람들은 못 먹는 게 없지만
먹을 게 늘 모자라는 모양
대왕암 보러 가는 길 바람이 맵다
할머니 제사도 이맘때였다
어머니는 할머니가 하도 이악해서
해마다 날씨가 춥다고 했다
전우주가 동참하는 소한 추위를
당신 시어머니 한 사람 소갈머리와 맞바꾸다니
우리 어머니도 참 대단하다
그러나 정말 이악해서가 아니라
사는 게 팍팍해 그랬을 것이다
나는 그렇게 생각한다
그래서 지금도 사람들은
기러기를 탕 해 먹고 고래도 잡아먹는 게 아닐까

16

혹시 그들도 제사가 있는지
소한 바다를 헤엄치는 고래는 얼마나 이악할까
추우니까 집에 가고 싶다

내 이름은 문학의 밤

내 이름은 문학의 밤입니다
친구들 모임 같은 곳에 가서
누군가 "어이, 문학의 밤, 한잔 받아" 하면
나는 "미친 녀석" 하면서도 덥석 잔을 받습니다

나의 앨범 속에는 유난히 밤이 많습니다
별이 빛나던 밤이나 눈보라 치던 밤 혹은
너 아니면 죽고 못 살던 밤
그리고 시체 같은 밤도 있었으나
나는 그냥 어둑한 길을 혼자 걷는 밤이 좋았고
그러다가 나도 모르게 문학의 밤이 되었습니다

우리나라에서는 아무리 부지런해도 아직
문학의 아침이나 문학의 저녁은 없습니다
어디까지나 문학은 밤이기 때문입니다
그러니까 '문학의 밤'은 '문학은 밤'과 같은 말이어서
시인들은 대체적으로 좀 어두운 얼굴을 하고 있는 것입
니다

누구에게나 차마 잊지 못할 밤이 있는가 하면
기억하고 싶지 않은 밤도 있게 마련입니다
많은 밤들이 물결처럼 왔다가는 스러져가고
나에게는 문학의 밤만 남았는데
아직도 그 어둑한 길을 혼자 다닌다고
친구들은 일부러 즐거운 술잔을 건네는 것입니다
나는 문학의 밤입니다

아들과 함께 보낸 여름 한 철

아들과 천렵을 한다 다리 밑에서 웃통을 벗고
땀을 뻘뻘 흘리며 소주를 마시며

나도 반은 청년 같았다

이제서 말이지만 나는 어려서 면서기가 되고 싶었다
어떤 때는 벌레가 되고 싶기도 했다
그래도 나는 시인은 되었다
그게 어디 쉬운 일이냐
아들아, 시인에 대해서 신경 좀 써다오

저 빛나는 어깨와 한 소쿠리는 되는 사타구니
아들의 것은 다 내가 힘들여 만들었는데
아직 새것이다
근사하다 내가 저 아름다운 청년을 만들다니……

내가 어디서 왔느냐고 물어보지도 않았는데 그전에
어른들이 다리 밑에서 주워왔다고 했을 때

나는 슬퍼했다
지금도 외로울 때면 그 생각을 한다
인터넷을 믿는 아들은 그런 슬픔을 모르겠지만

아직 세상에는 내가 망하기를 바라는 사람은 없다
가진 게 별로 없기 때문인데
다행이다
그래도 아들에게는 천지만물을 거저 물려주었으니
고맙게 여기고 잘 쓸 것이다

세월을 건너가느라 은어들도 엄벙덤벙 뛴다
저것들은 물이 집이다
요즘도 다리 밑에다 애들을 버리긴 버리는 모양인데
알고 보면 우리가 사는 이 큰 별도 누군가 내다 버린 것
이고
긴 여름도 잠깐이다

한잔 받아라

다리를 위한 변명

먼 길을 다니다보면 자동차의 발이 천형 같다
말은 안하지만 그들도 몸을 버리고 싶을 때가 있을 것
이다

쓰레기봉지를 찢고 나온 닭발이나
바지 밖에서 잠든 노숙자의 다리들

저 가느다란 것들에게 세상이 얹혀 다니다니

외다리집게는 몸이 다리이고
시장 바닥을 배밀이 수레로 밀고 가는 사람은 찬송가가
다리이다
한번도 집 밖에 나간 적이 없는데 몸을 잃은 나무를 보
거나
아프리카처럼 짐승들은 사납고 먹을 것도 별로 없는 곳
에서
지뢰 때문에 다리가 날아가버린 우간다 아이들이
웃고 있는 사진을 보면

내 무릎 밑이 다 서늘해진다

모든 다리는 먹이를 위하여
종일 걷거나 뛰다가 집으로 돌아가는데

언젠가 바닷가 모래톱에서 물떼새 한마리가
외다리로 종종걸음 치는 걸
긴 해안선이 한사코 따라가주는 걸 보았다

마치 지구가 새 한마리를 업고 가는 것 같았다

뿔을 적시며

비 오는 날

안경쟁이 아들과 함께

아내가 부쳐주는 장떡을 먹으며 집을 지킨다

아버지는 나를 멀리 보냈는데

갈 데 못 갈 데 더듬고 다니다가

비 오는 날

나무 이파리만한 세상에서

달팽이처럼 뿔을 적신다

24

그늘

누가 기뻐서 시를 쓰랴

새들도 갈 데가 있어 가지를 떠나고

때로는 횡재처럼 눈이 내려도

사는 일은 대부분 상처이고 또 조잔하다

그걸 혼자 버려두면 가엾으니까

누가 뭐라든 그의 편이 되어주는 것이다

나의 시는 나의 그늘이다

마음에게

마음이여
쓸데없이 돌아다니다가
피곤하니까 돌아온 저를 데리고
나는 자전거처럼 가을에 기대섰다

구름을 보면 둥둥 떠다니기도 하고
강가에 가면 흘러가고 싶은 마음이여
때로 세상으로부터 모욕을 당하고
내가 어떡하면 좋겠냐고 하면
늘 알아서 하라던 마음이여

저는 늘 내가 아니고 싶어했으나
내가 아닌 적도 없었던 마음이여
그래도 아직 사용하지 않은 슬픔이 있고
저 산천에는 기다리는 눈비가 있는데

이까짓 지나가는 가을 하나에
저나 나나 속을 다 내보이지는 못하고

오늘 하루쯤 같이 지내면 어떠냐니까
그렇게 하자며
내 어깨에 제 몸을 기대는 마음이여

제2부

고독이 거기서

동해안 국도를 지나다보면
바닷가에 '고독'이라는 까페가 있다
통나무로 지은 집인데
지날 때마다
마당에 차 한대 없는 걸 보면
고독이 정말 고독하다는 생각이 든다

고독은 아주 오래된 친구
한때는 많은 사람들이 그에게
영혼이나 밤을 맡겨놓고
함께 차를 마시거나
며칠씩 묵어가기도 했는데
지금은 외딴 바닷가 마을에서
온몸을 간판으로 호객행위를 하며
사는 게 어려워 보인다

나는 언제나 길 위에 있으므로
그저 그를 바라볼 수밖에 없는데

가끔 동해안 국도를 지나다보면

고독이 거기서

늘 바다를 바라보고 있는 게 보인다

원통(元通)

시외버스터미널 옆 군인마트에서
고진하 시인이 열나는 양말을 사주었지
형 이거 무지 뜨셔, 집에서 나도 신어
그이도 나도 등이 시리던 겨울

외출 외박 나온 사병들이
사제 공기를 마시며
소년처럼 환한 주말
헌병들의 헬멧과 워커도
햇빛에 반짝반짝

언젠가 '카드 사절'이라고
바람벽에 주먹만하게 써 붙인
쟁반짜장집 머리가 허연 주인에게
현금이 있으면서도 굳이 카드를 내밀고는
나중에 후회하던 곳

논도 밭도 없으면서

농협 앞 난전을 지날 때면
괜히 호미나 낫을 사기도 했지
마치 농사깨나 짓는 사람처럼

라면 먹는 저녁

섭섭한 저녁이다
썰렁한 어둠을 앉혀놓고
눈 내리는 고향을 생각한다
마른 수국대궁에도 눈은 덮였겠지

고만고만한 지붕 아래서 누가 또 쉬운 저녁을 먹었는지
치킨 배달 오토바이가 언덕배기를 악을 쓰며 올라가고

기운 내복 같은 겨울 골목
주황색 대문집
페이스북으로
이름만 아는 여자가 나를 찾아왔다
머리에 눈을 이고 왔다
어디선가 다들 외로운 모양이다

산간 지방엔 폭설이 내린다는데
쓸데없이 섭섭해서
밥은 늘 먹는다고

저녁에 라면을 끓인다

가방 멘 사람

나 젊어서 회사 다닐 때
우리 선생님 이따금씩 가방 메고 오셨지

중학교 시절 담임을 하셨는데 풍을 맞고
있는 재산 다 날리고는 커다란 가방 메고 다니셨지

처음에는 문학전집이나 백과사전을 가지고 다니시다가
몇해 지나면서 양말이나 은단을
나중에는 빈 가방 메고 다니셨지

한쪽 발을 끌며 먼 세상 걸어다니셨지

비 오다 그치고
여기저기 전깃불이 들어오는 저녁
커다란 가방 메고 가는 사람 보니
우리 선생님 생각난다

느티나무 아래서

여름이 되자 매미들이 머슴처럼 울었다
느티나무 그늘 속에서였다
내 딸아이는 어려서 그 밑에 쉬를 하고는 했다
그애도 커서 이제는 처녀가 되었지만
느티나무가 아니라면 예의바른 그애가
그런 실례를 할 리 없었을 것이다
느티나무를 두드리기 위하여 소나기는
후드득후드득 아프게 왔고
새들은 아침을 소란스럽게 했으며
가지에 몸을 다친 바람들은
쓸데없이 돌아다니며 울었다
가을에도 그랬다
멀리서 보면 동네가 근사해서
아파트 값이 너무 올라간다고
관리소 사람들이 이파리를 털거나
그의 몸을 잘라내기도 했다
최근에 사람들은 느티나무 때문에 벤치를 만들었으며
거기에 앉기 위하여 노인들은 나이를 먹었다

우두커니

대관령 아래 왕산면 안반데기 가면 황소하숙이 있다

경운기도 꼼짝 못하는 하늘배추밭이 그들의 직장인데
봄가을이야 하늘이 지붕이지만
찬바람 불고 땅이 얼면
주인은 집으로 가고
황소들은 하숙으로 간다

하숙비는 월 십만원 정도인데
봄풀이 푸를 때까지 선불이다

걸핏하면 폭설이 길을 메우고
영(嶺)을 넘어오는 바람이 겨우내
사정없이 지붕을 들었다 놨다 하는데

안반데기 황소들은 거기서 우두커니 겨울을 난다

감자밥

하지가 지나고

햇감자를 물에 말아 먹으면

사이다처럼 하얀 거품이 일었다

그 안에는 밭둔덕의 꽃들이나

소 울음이 들어 있었는데

나는 그게 먹기 싫어서

여름내 어머니랑 싸우고는 했다

밥상을 버리며

오래 받아 먹던 밥상을 버렸다
어느날 다리 하나가 마비되더니
걸핏하면 넘어지는 그를 내다 버리며
어딘가 갈 데가 있겠지 하면서도 자꾸 뒤가 켕긴다
아이들이 이마를 맞대고 숙제를 하고
좋은 날이나 언짢은 날이나 둘러앉아 밥을 먹었는데……
남들은 다 어떻게 살든지
아버지가 그랬던 것처럼
때로는 하고 또 하는 잔소리에
아이들은 눈물밥을 먹기도 했고
그럴 때마다 아내는 누구의 편도 들지 못하고
딱하다는 눈총을 주기도 했지
나는 가장이라는 이름으로 그렇게
가족들에게, 실은 나 자신을 향하여
쓸데없는 호통을 치기도 했지
그러나 한끼 밥을 위하여 종일 걸었거나
혹은 밥술이나 먹는 것처럼 보이려고
배를 있는 대로 내밀고 다니기도 하고

또 어떤 날은 속옷 바람으로 둘러앉아
별일도 아닌 걸 가지고 밥알이 튀어나오도록 웃던 일들을
그는 다 알고 있을 것이다
오래 받아 먹던 밥상을 버렸다
그러나 그가 어딜 가든 나에 대하여
아무 말도 하지 않으리라는 걸 나는 안다

형수

서둘러 저녁이 오는데

헐렁한 몸뻬를 가슴까지 추켜 입고

늙은 형수가 해주는 밥에는

어머니가 해주던 밥처럼 산천이 들어 있다

저이는 한때 나를 되련님이라고 불렀는데

오늘은 쥐눈이콩 한 됫박을 비닐봉지에 넣어주며

아덜은 아직 어린데 동세가 고생이 많겠다고 한다

나는 예,라고 대답했다

어린 가을

옹기 장수가 왔다
어느날 서리처럼 왔다
지게눈을 한껏 높이고
하늘에 닿을 듯 자배기며 동이를 지고 왔다
감나무 이파리가 상기 퍼런데 일찍도 왔다며
어머니가 날기 멍석을 치워주자
입동 전 첫물을 지고 가마를 떠났단다
산그늘 아래 우리집 누에방에 짐을 풀고
한 사날 바꿈이를 하고 나면
그는 또 바람처럼 떠날 것이다
옹기 장수가 왔다
양양의 가을도 잘했지만
아래 데도 시절이 좋았다며
머릿수건으로 탁탁 몸을 터는데
묵은 담배냄새가 났다
언젠가 이런 가을이 있었다

폭설

곡을 하다 배고프면 국수를 먹었다

처음에는 형님들과 엇갈렸으나
얼마 지나지 않아 곡은 어우러졌다
밤이 깊어갈수록
살다 이렇게 가는 거라며
나는 속으로 알은체를 했다

꼬질대가 휘도록 눈은 퍼붓고
차일 밖에서 마른눈을 삼킨 개들이
컹컹 기침을 했다

문상객들은 눈을 털며 들어와
양초나 문종이로 부조를 하고는
피가 비치는 돼지고기에 독한 소주를 마시며
내년 농사 걱정을 했다

잠은 눈처럼 쏟아지고

영정 속의 어머이는

졸리면 형들에게 맡기고 들어가 자라고 했으나

나는 추우면 화롯불을 쬐다가

다시 곡을 했다

나는 시를 너무 함부로 쓴다

그전에, 많이 아픈 사람이 꼭 새벽에 전화했다
너무 아파서 시인과 이야기하고 싶다고 했다
한두해 지나자 전화가 끊겼다

늘 죽고 싶다던 그 사람
세상을 버렸을까
털고 일어났을까

몇년째 감옥에 있는 사람이
오랫동안 시를 써 보내왔다

양면 괘지에 희미하게
새 발자국 같은 시를 찍어 보내며
벌거벗은 것처럼
마음을 들킨 것처럼
부끄럽다고 했는데

우리가 살면서 누군가

좀 들여다봐주었으면 하는
혹은 아무 욕심도 없는 마음
그런 게 시라면
나는 시를 너무 함부로 쓴다

산그늘

장에서 돌아온 어머니가 나에게 젖을 물리고 산그늘을
바라본다

가도 가도 그곳인데 나는 냇물처럼 멀리 왔다

해 지고 어두우면 큰 소리로 부르던 나의 노래들

나는 늘 다른 세상으로 가고자 했으나

닿을 수 없는 내 안의 어느 곳에서 기러기처럼 살았다

살다가 외로우면 산그늘을 바라보았다

제3부

그도 저녁이면

북천(北川)에는 내 아는 백로가 살고 있다

그의 직장은 물막이 보(洑),

물 웅웅거리는 어도(魚道) 옆

부부가 함께 출근하는 날도 있지만

보통은 혼자 일한다

다른 한쪽은 새끼를 돌보거나 집안일을 할 것이다

그는 고기를 잡는 것보다

하염없이 물속을 들여다보는 게 일인데

종일 무슨 생각을 하는지

그도 저녁이면 술 생각이 나는지

참 쓸쓸한 봄날

토요일 오후 진전사(陳田寺) 갔습니다
오랜 폐사지에 절을 지었더니
신라에서 부처님이 오셨대서 일부러 갔습니다
늘어지게 티브이를 보거나
먼 집안 아이 청첩도 마다하고
아카시아꽃 분수 같은 둔전리
깊어가는 물소리 따라
적광보전에 참배하고
적잖이 시주도 하였습니다
그리고 대문 터 막국숫집 모두부에
소주 한잔 하고 오다가
음주단속에 걸렸습니다

참 쓸쓸한 봄날입니다

흰 웃음소리

내가 한 철
인제 북천
조용한 마을에 살며
한 사미승을 알고 지냈는데
어느해 누군가 슬피 울어도 환한 유월
그 사미는 뽕나무에 올라가 오디를 따고
동네 처자는 치마폭에다 그걸 받는 걸 보았다
그들이 주고받는 말은 바람이 다 집어먹고
흰 웃음소리만 하늘에서 떨어지는 걸
북천 물소리가 싣고 가다가
돌멩이처럼 뒤돌아보고는 했다
아무 하늘에서나 햇구름이 피던 그날은
살다가 헤어지기도 좋은 날이었는데
지금도 그 생각을 하면
온몸이 환해진다

열반
불탄 낙산사 범종에 대하여

그도 힘들었던 것이다

천년이나 제 몸을 때리며

하늘과 땅 사이를 오가느라 지쳤던 것이다

날마다 제 몸을 비우던 공양도

이제는 더 퍼낼 게 없었던 것이다

그러던 어느날 마침내 집에 불을 지르고

나오지 않았던 것이다

단풍

나무는 할 말이 많은 것이다

그래서 잎잎이 제 마음을 담아내는 것이다

봄에 겨우 만났는데 벌써 헤어져야 한다니

슬픔으로 몸이 뜨거운 것이다

그래서 물감 같은 눈물 뚝뚝 흘리며

계곡에 몸을 던지는 것이다

먼 배후

좋아하는 계집아이네 집 편지통에
크리스마스카드를 던져놓고
멀리서 지켜보던 때가 있었다

나는 카드를 따라 그애의 안으로 들어가고 싶었다

그러나 해가 져도 그애는 나타나지 않았고
오랫동안 밖에서 서성거리던 나는
언젠가 그애가 멀리 시집갔다는 소식을 들었다

여자애들은 그렇게 시집을 갔다

아주 많은 세월이 지났고
또 나는 그애의 무엇 하나 건드리지 않았지만
사철나무 울타리에 몸을 감추고
누군가를 기다리던 한 소년을 생각하면
지금도 마음이 아리다

상강(霜降)

나이 들어 혼자 사는 남자처럼

생각이 아궁이 같은 저녁

누구를 제대로 사랑한단 말도 못했는데

어느새 가을이 기울어서

나는 자꾸 섶이 죽을 수밖에 없는 것이다

조껍데기술을 마시다

드문드문 눈발이 날리는 저녁, 시인 몇사람이 이장네 식당에 술 먹으러 갔는데 그 집 암탉 한마리가 연신 머리를 문에 부딪치며 안을 기웃거린다. 기르던 닭 아홉마리를 살쾡이 족제비가 다 물어가고 저게 혼자 남아 해만 지면 겁이 나서 저런다며

주인여자가 문을 열어주자 얼른 들어와 신발장 위에 올라가 잠자리를 튼다.

우리가 누구인가,
인간의 일은 물론 천지만물과 우주적 공사에까지 참여하는 시인 아닌가. 그런 자들이 밤마다 공포에 떠는 저 말 못하는 짐승의 고통을 어떻게 그냥 보고만 있을 수 있겠는가!

이런 공론 끝에 다음날 우리는 그를 푹 곤 백숙을 안주로 조껍데기술을 마시며 그의 고통과 슬픔을 나누어 가졌다.

한천(寒天)

　나뭇잎 지고 저녁으로 오리떼 휘리휘리 어두운 논바닥에
내린다

　지난여름 어느 집 처마 밑에서 함께 소나기를 그으며 따
라가고 싶었던 여자는 지금 어디 있을까

　숲속에 버려진 낫같이

　나뭇가지에 몸을 찢기며 떠오른 달같이

　한 시절이 베인 듯 허공에 걸렸다

겨울 백담

눈이 온 설악을 덮고

초승달 같은 수좌(首座)들 얼굴이 희다

겨우 발자국을 지우며 왔는데

안거(安居) 든 상좌 찾아온 노스님

공양 피자 몇판 시켜놓고 떠난 저녁

투구벌레 같은 자동차 한대

눈을 뚫고 산을 오른다

먼 데 어머니 심부름을 갔다 오듯

어느해 봄 그것도 단 한번
신을 짝짝이로 신고 외출을 한 다음부터
나는 갑자기 늙기 시작했다

아무에게도 말하진 않았지만
햇살 좋던 봄날 아침의
아무것도 아닌 실수였는데
그 일로 식구들은 나의 어딘가에서
나사가 하나 빠져나갔다고 보는 것 같았다

그게 아니라고
그렇지 않다고
장에 나가는 염소처럼 뻗디디며
한동안 혼자 뿔질을 해대던 나는

어느날 마당에 나뭇짐을 벗어놓듯
먼 데 어머니 심부름을 갔다 오듯
그속으로 들어갔다

비를 기다리며

비가 왔으면 좋겠다
우장도 없이 한 십리
비 오는 들판을 걸었으면 좋겠다
물이 없다
마음에도 없고
몸에도 물이 없다
비가 왔으면 좋겠다
멀리 돌아서 오는 빗속에는
나무와 짐승 들의 피가 들어 있다
떠도는 것들의 집이 있다
비가 왔으면 좋겠다
문을 열어놓고
무연하게
지시랑물 소리를 듣거나
젖는 새들을 바라보며
서로 측은했으면 좋겠다
비가 왔으면 좋겠다
아주 멀리서 오는 비는

어느 새벽에라도 당도해서

어두운 지붕을 적시며

마른 잠 속으로 들어왔으면 좋겠다

제4부

바람 부는 날

퇴근길 버스정류장 쪽으로
한 무리의 여자들이 떠들며 가는데
어떤 여자의 바짓가랑이 한쪽이
빨랫줄에 널린 빨래처럼 춤을 춘다

그녀는 목발을 짚었다
뭐가 즐거운지 젊어서
그녀의 바짓가랑이도 팔팔하다

의족을 하면 모를 텐데……

남이 모르면 우리는 행복할까?

내가 이런 생각을 하는 동안에도
그녀의 다리는 바람에
접혔다 펴졌다 춤을 춘다

미시령 하이에나

큰 눈이 설악을 덮으면 하이에나는 어린 새끼들과 암컷을 두고 숲속 깊이 몸을 숨긴다. 휘몰아치는 눈보라 속에 영(嶺) 길이 초행이거나 추위에 지친 먹잇감이 나타나면 그는 멀찌감치 뒤를 밟는다. 본능적으로 위험을 느낀 짐승은 허둥거리며 달아나보지만 길은 누구에게나 덫 같은 것이어서 비탈길에 한번 발목을 잡히고 나면 그걸로 그만이다. 그가 숨을 헐떡거리며 아무리 비명을 질러대도 나무와 바위들은 비정하게 바라볼 뿐, 그렇게 버림받은 짐승이 마침내 검은 피를 내뿜으며 네굽을 꺾고 나면 하이에나는 천천히 다가가 먹을 물며 속삭인다.

체인 있습니다.

큰일이다

차 문을 열어두었더니
밤사이 거미가 집을 지었다
그러면 거미의 밥을 위하여
계속 문을 열어두어야 하는지를 걱정하는 나와
미국 무역센터 빌딩이 무너지는 걸 바라보며
어디서 많이 본 비디오 게임 같다거나
북조선이 핵실험을 해도
애써 눈도 꿈쩍하지 않는 나는 다르다
그러나 사무실 유리벽에 머리를 박고 죽은
이름 모를 새의 주검을 냇가에 묻어주고
한나절 소주로 음복을 하면서도
시장 바닥을 배로 밀고 가는 사람의 돈통에
동전을 넣을까 말까 망설이는 나는 또 같은 사람이다
한때 이런 건 나에게 아무런 문제가 되지 않았으나
언제부턴가 내가 모든 저들일지도 모른다는
그런 되지도 않는 생각 때문에
같은 나와 다른 나는 싸운다
오늘도 시청 민원실에 들어가다가 무심코 침을 뱉었는데

화단의 회양목이 고개를 번쩍 치켜들고
남의 얼굴에 침을 뱉으면 어떡하느냐고 한다
살아갈 일이 큰일이다

아내와 부적

아내의 옷가게가 문을 닫던 날
매장이 텅 비자
더욱 환해진 불빛 아래
구석구석 숨어 있던 부적들이
민망한 듯 뻘쭘하게 웃는다

이 손바닥만한 도시에 대형마트가 문을 열고
손님을 진공청소기처럼 빨아가는 데에는
혼자 힘으로는 역부족이어서
그렇다고 그냥 당할 수만은 없어
발길이 뚝 끊긴 가게에서 아내는
그들과 힘을 합쳐 싸웠던 것이다

우리야 간판을 내리면 그만이지만
이제 저들은 누가 거두느냐는 걱정 끝에
사람들에게 희망이 있는 한
밥은 굶지 않는다고 저들은
멈칫거리는 아내의 등을 민다

포장마차

마차는 달린다
흙먼지 속에 채찍을 휘두르며
밤낮없이 달린다

누런 알전구에 제 그림자를 비추며
덜컹덜컹 변두리만 달리는데
추운 터미널 같은 데를 달리는데

다 쓰러진 말을 몰고
우동이나 말아 먹으며 달리다가
주꾸미에 소주나 마시며 달리다가
아무리 달려봤자 개척할 땅도 없고
내비게이션도 없고
걸핏하면 딱지만 떼이는데

대머리 인디언 같은 마부는
그래도 갈 길이 멀다고
제 몸에다 밤새 채찍질을 해대는데······

화근을 두고 오다

어금니를 뺐다
수십년 몸속에 뿌리를 박고 살던
화근(禍根)이 뽑혀나왔다
온몸을 붙잡고 완강하게 버티다가
상당한 살점을 물고 나왔다

어떻게든 살겠다고
컴컴한 곳에서
남의 살이든 뼈든
닥치는 대로 씹어대던 그가
전신에 피를 묻힌 채
대책없이 뽑혀나왔다

치과의사의 쟁반 위에 버려진 그는
그렇게 많은 것을 먹었음에도
그냥 돌멩이처럼 보였는데
나는 그를 거기에 두고 왔다

저녁 술

눈 내리는 만경들 건너 저녁 군산
간판등이 흐린 국밥집에 들어서니
허름한 사내가 주인과 말다툼을 한다
그는 전화를 좀 쓰자고 하고
머리가 희끗희끗한 주인은 나가서 하란다
그러다가 사내가 대뜸 내 휴대폰을 빌려달라는데
그깟 전화 한 통화 때문에
따따부따하기 싫어 얼른 주었다
부인에겐 듯 그는
오늘 간조는 못 봤는데
저녁은 먹고 들어간다고
언제 술 마셨냐는 듯
멀쩡한 목소리로 통화를 마치고는
다시 취한 얼굴이 되어 내게 술을 권한다
전화비도 없어서 그러는 줄 알았다니까
화가 나 괜히 그래봤다는 그 사람과
미안하다는 주인여자와
군산에서 저녁 술을 마셨습니다

보일러 망가졌다

새는 노래가 집이고
거미는 하늘이 집이다
생각해보면 나는 생의 대부분을 집에다 썼다
길 가다가 좋은 집을 보면
주먹을 불끈 쥔 적도 있었으나

아내와 아이들에게는 못할 소리지만
집 나오니까 좋다
그러나 부처님 같은 이도
한번 집을 나와서는
다시 돌아가지 못했다는데
화장실 물 내리는 소리에도 흔들리는 집에서
제왕처럼 굴다가 어느날

사람은 원래 슬픔이 집이라고
그러나 그 슬픔도 다 털어먹었다고
헐렁해진 몸뚱이를 발우 삼아
우리나라 이 산 저 산 절하고 다니는데

아이들에게서 문자가 온다

거기서 뭐 하는데, 보일러 망가졌다… ㅋㅋㅋ

고래 아버지

아버지는 고래를 본 적이 없었다
그래도 옛날에는
고래등 같은 기와집에 살았다고 했다
나도 고래를 한번도 본 적이 없었다
국민학교 시절 자연교과서에서나 보다가
티브이가 나오며 겨우 보았는데
크고 힘차고 신비스러웠지만
내가 상상했던 것보다는 훨씬 작았다
아버지도 실제 고래를 보았더라면
옛집 자랑을 그렇게 안했을지도 모른다
그러나 아버지가 걸핏하면
고래등 같은 집을 들먹였던 것은
우리나라 모든 아버지들이 그랬던 것처럼
식민지를 머슴처럼 살고 나서
집은 전쟁으로 불타버리고
여름 제사에 이밥을 먹으면
배탈이 날 정도로 가난했지만
우리가 그래도 밥술이나 먹었다거나

본래 이렇게 살 가문이 아니라는 거였다
멀리 있거나 보지 못한 것은 대부분 아름답다
아버지도 고래가 되었다

신발에 대하여

그전에 선배가 입대하며
신던 구두를 벗어주고 간 적이 있었다
비만 오면 구두 속이 미나리꽝 같았던 시절
나는 마치 집 한채를 얻은 것 같았다

어쩌다 바꿔 신기만 해도
몸이 낯설어하는데
교통사고라도 있어
길바닥에 나뒹구는 신발을 보면 언짢다
누군가 생을 다치고 다시는
저 신발을 못 신을지도 모른다는……

신발을 벗는다는 건
밖에서 안으로 들어간다는 것이다
그래서 술에 취해 한뎃잠을 자는 사람들도
길바닥에 공손하게 신발을 벗어놓고
더러는 울며 아파트 옥상에서 몸을 던지는 아이들도
신발을 벗어놓고 간다

우리집 신발장에는 뒤축이 닳았거나
낡은 신발들이 가득하다
내가 그 어느 것 하나 쉽게 버리지 못하는 건
그것들이 늘 내 삶의 무게를 견뎌주었고
아직 나와 같이 갈 데가 있어서다

혜화역 4번 출구

딸애는 침대에서 자고
나는 바닥에서 잔다
그애는 몸을 바꾸자고 하지만
내가 널 어떻게 낳았는데……
그냥 고향 여름 밤나무 그늘이라고 생각한다

나는 바닥이 편하다
그럴 때 나는 아직 대지의 소작이다
내 조상은 수백년이나 소를 길렀는데
그애는 재벌이 운영하는 대학에서
한국의 대 유럽 경제정책을 공부하거나
일하는 것보다는 부리는 걸 배운다
그애는 집으로 돌아오지 않을 것 같다

내가 우는 저를 업고
별하늘 아래서 불러준 노래나
내가 심은 아름드리 은행나무를 알겠는가
그래도 어떤 날은 서울에 눈이 온다고 문자메시지가 온다

그러면 그거 다 애비가 만들어 보낸 거니 그리 알라고
한다
모든 아버지는 촌스럽다

나는 그전에 서울 가면 인사동 여관에서 잤다
그러나 지금은 딸애의 원룸에 가 잔다
물론 거저는 아니다 자발적으로
아침에 숙박비 얼마를 낸다
나의 마지막 농사다
그리고 헤어지는 혜화역 4번 출구 앞에서
그애는 나를 안아준다 아빠 잘 가

정든 민박집에서

감나무 이파리들이 등잔처럼 환하다
노는 날 미나리 이파리를 깔고 창호지를 새로 했다

주인여자는 직장에 나가고 아이들은 어리다

일을 마치고 돌아오면 나는
보통 책을 보거나 술을 마시는데
어떤 날은 주인여자가 술병을 치우고는 한다

민박을 든 지 오래되었다

대체로 달에 한번 비용을 내는데
그때마다 주인여자의 얼굴이 편치 않다

그러나 달리 갈 데도 마땅찮고
정든 민박집에서 다시 가을을 난다

제5부

싸마르칸트

싸마르칸트
왕들이 잠든 사원 계단에서
구걸하는 소녀에게 돈을 주었다
눈망울이 소처럼 검은 소녀를
차마 그냥 지나칠 수 없어
돈을 주었다
얼마 후
마을의 어른들이 와서
아이들을 쫓아내고는
미안하다고 했다
미안하다고 허리를 굽혔다
아름다운 싸마르칸트
나는 그 왕들의 사원에서
흙으로 구운 피리 하나를 샀는데
지금도 가끔 그걸 불며
그 소녀를 생각한다

틈

바위에 뿌리를 내리고 사는 나무는
한겨울에 뿌리를 얼려
조금씩 아주 조금씩
바위에 틈을 낸다고 한다
바위도
살을 파고드는 아픔을 견디며
몸을 내주었던 것이다
치열한 삶이다
아름다운 생이다
나는 지난겨울 한 무리의 철거민들이
용산에 언 뿌리를 내리려다가
불에 타 죽는 걸 보았다
바위도 나무에게 틈을 내주는데
사람은 사람에게 틈을 주지 않는다
틈

매화 생각

겨우내 그는 해바라기하는
달동네 아이들을 생각했던 것이다

담장을 기어오르다 멈춰선 담쟁이의
시뻘건 손을 생각했던 것이다

붕어빵을 사들고 얼어붙은 골목길을 걸어
집으로 가는 아버지들을 생각했던 것이다

그냥 있어선 안된다고, 누군가 먼저 가
봄이 오는 걸 알려야 한다고

어느날 눈길을 뚫고 달려왔던 것이다
그 생각만 했던 것이다

한계령 자작나무들이 하는 말

일본이 패망해서 도망가고 난 뒤
양양은 북한 땅이었다가
육이오전쟁으로 남한 땅이 되었다
그래서 수복지구라고 불렀다

동해 기사문리(其士門里)에서 먼 서해까지
삼팔선은 은하수처럼 지나갔는데
그 선에 걸려 넘어진 사람은 골병이 들었거나

죽었다

양양에 가을이 오면
먼바다 연어들은 있는 힘을 다해 돌아오고
이슬만 받아먹던 송이들도 산을 내려오는 건
여기 사람들을 위로하려고 그런다는 걸

어느날 한계령을 넘다가
자작나무들이 저희끼리 이야기하는 걸 나는 들었다

도라산역에서

비로소 이스탄불행 표를 산다
신의주 베이징을 지나 유라시아로
혹은 더 먼 아프리카로
백년 안팎 이 길은 죽어 있었다
그러나 밟으면 꿈틀거리는
구렁이 같은 길을 가기 위하여
많은 역사가 죽고 다치고 감옥에 갔다

사정없이 커다란 지구

푸른 눈의 여자들과 맨발의 아이들
불패의 인민들이 제국주의와 무참하게 싸웠던
카불 하노이 혹은 꾸르안의 나라와 네루다의 조국과
더 먼 고구려로 나는 간다

나는 너무 오래 불구를 노래했다

그러나 이 길을 지나 더 가야 할 데가 있고

기어코 이렇게 떠날 줄 알았다
장단 땅 두벌김 맨 벼들이
처녀애들 단발머리처럼 출렁거리고
황새는 논바닥을 차고 미끈하게 솟아오르는데
기차는 기적을 울리고
나는 가슴이 쿵쿵 뛴다

가을 온정리 가서

내가 이 나라에 오기 훨씬 전에
동해북부선으로 금강산 원족 갔던 아버지가 있었다
당꼬바지에 지팡이로 멋을 내고
온정리에서 사진을 찍은
젊은 아버지가 있었다
죄송하게도 당신보다 더 오래된 나이로
이 가을 군사분계선을 넘었다
주말에 어디 맛있는 집 찾아나서듯
이렇게 아무것도 아닌 걸
나는 역사를 너무 엄숙하게 생각했다

시월의 북고성에서는
높다란 모자를 쓴 군인들이
사회주의 가을을 지키고 있었는데
내가 상상했던 온정리가
이보다 더 따뜻했을지라도
그러나 오길 잘했다
여기까지 오는 데도 오십년이 걸렸고

이 땅의 가을에는 아직 피가 묻어 있으니

언젠가 내 아들도 이곳에 올 것이다
누가 오든 온정리가 어디 가겠는가
저 붉은 단풍 숲에서 아이들은 연애를 하고
무 밑이 다 들고 나면 또 눈이 내릴 뿐
앓다 일어난 듯 핼쑥한 풍경을 배경으로
남녘에서 온 관광객들과 함께 나도
치즈, 하고 사진을 찍는다
온정리 가을이 따라 웃는다

신검을 받다

신검(身檢)을 받았다고 아들에게서 전화가 왔다
안경 때문에 2급을 받았단다
다 컸구나
그런데 아들이 나라를 지키러 가게 됐는데
왜 나는 그 2급이 별로 기쁘지 않으냐
언젠가 이렇게 될 줄 알았다
때가 되면 제 에미는 장정 소포를 안고 울고
누나는 치킨을 싸들고 남친과 여행 겸
어느 산골짜기로 면회를 갈 것이다
애비는 몸이 부실해 징집면제를 받았는데
이제 우리 집안도 떳떳하게 됐구나
그리고 내가 저를 낳았을 때
징집 같은 건 생각도 못했던 것처럼
저도 언젠가 제 아들의 신검 소식을 듣게 되겠지
전화기 저편에서 아들은 벌써
우리나라 국방을 책임진 것처럼
약간 흥분하는 것 같았다
나는 장하다고 했다

우리나라 백일장

아버지는 늘 술에 취해
불쌍한 어머니를 패고
할아버지는 벌써 옛날에 돌아가셨는데
할머니는 아직도 골골하신다

이렇게 동란 이후
수십년 고난은 번창했다
그리고 다시 아이엠에프가 지나가자
아버지들은 드디어 픽픽 쓰러지고
어머니는 집을 나가서 돌아오지 않는다

우리나라 백일장에서는 지금도 이게 대세다

문학은 아는 것이다
슬픔만한 장사가 없다는 걸
그렇게 슬픔을 우려먹는 즐거움으로
백일장은 대를 이어가는 것이다

면사무소

면에는 면민들이 산다
내 부모는 거기서 혼인신고를 했고
난 지 삼년이 지나서야 나의 출생신고를 했다
언제 죽을지 몰라 그랬다고 한다
옛날에는 글 모르는 부모의 자식 이름을
면서기가 지어주기도 했다
나는 면사무소 옆의 국민학교에 다녔는데
커서 면서기가 되려는 결심도 했다
면사무소에는 면장이 있다
면에서는 제일 높은 사람이었으므로
면민들은 어쩌다 그와 밥 한끼만 먹어도
두고두고 자랑거리가 되던 시절이 있었다
식민지 시절에는 장정들이
거기 모여 징용에 끌려갔고
전쟁이 끝나고도 우리 형님은 그곳에서
무운장구 머리띠 두르고 논산훈련소로 갔다
면사무소 부근에는 보통 지서(支署)가 있고
죄가 없어도 사람들은 그 앞을 피해 다녔다

또 양조장이나 작부를 둔 주점도 있어서
촌 아낙들이 바람난 남편을 찾으러 왔다가
주점 마당에서 얻어맞기도 했다
면민들의 일생은 대개 신고로써 존재하고
신고로써 끝나게 되는데
예전보다 면사무소가 작아 보인다
면사무소는 면에 있다

세탁소에서

아끼던 골덴 재킷의 왼쪽 소매가 너무 닳았다
털이 빠지고 오래되긴 했으나
사실은 내가 왼손잡이어서 그렇다
다른 데는 다 멀쩡한데 하며
세탁소집 여자는 뜨악하게
수선한들 별로 돈이 안된다는 표정이다
왼손이 불편하긴 하지만
사실 나는 내가 왼손잡이어서
누구에게 해를 끼친 적이 없다
다만 노무현 전 대통령이
부엉이바위에서 뛰어내렸을 때
불쌍해서 눈이 붓도록 울거나
언젠가 평양 만경대 갔다가
흰 저고리 검정 치마 안내원에게
악수를 청하고는 누가 봤을까봐
아직도 꺼림칙해하는 정도다
그러나 요즘은 자식이 취직을 하거나
군대에 가게 되면 그 애비가

어느 손을 주로 쓰는지도 알아본다고 해서
나는 할 수 없이 좌우를 다 잘라달라고 했다
소매가 불구처럼 댕공했지만
아무도 눈여겨볼 것 같지는 않았다

골목 사람들

나는 이 골목에 대하여 아무런 이해(利害)가 없다
그래도 골목은 늘 나를 받아준다
삼계탕집 주인은 요새 앞머리를 노랗게 염색했다
나이 먹어가지고 싱겁긴
그런다고 장사가 더 잘되냐
아들이 시청 다니는 감나무집 아저씨
이번에 과장 됐다고 한 말 또 한다
왕년에 과장 한번 안해본 사람…… 그러다가
나는 또 맞장구를 친다
세탁소 주인여자는
세탁기 뒤에서 담배를 피우다가
나에게 들켰다고 생각하는 것 같다
피차 미안한 일이다
바지를 너무 댕공하게 줄여주지 않았으면 좋겠다
골목이 나에 대하여 뭐라는지 모르겠으나
나는 이 골목 말고 달리 갈 데도 없다
지난밤엔 이층집 퇴직 경찰관의 새 차를 누가 또 긁었다고
옥상에 잠복을 하겠단다

나는 속으로 직업은 못 속인다면서도
이왕이면 내 차도 봐주었으면 한다
다들 무슨 생각을 하며 사는지는 몰라도
어떻든 살아보려고 애쓰는 사람들이고
누군가는 이 골목을 지켜야 한다고 생각한다

전군

쉰은 훨씬 넘어 보이는 한 장수
청계천 전자상가 앞 신호대기 중
붉은 투구를 고쳐 쓰며
백 미터 경주 스타트라인에 선 선수처럼
막 튀어나갈 자세를 하고 있다

커다란 장갑과 턱보호대
무르팍 팔꿈치 보호장구와
번들거리는 갑옷으로 전신을 무장하고
오토바이 위에서 적진을 응시하는
저 늠름한 장수

앉은키의 배는 더 쌓아올린 짐짝 아래
긴장한 두개의 휠과 녹슨 받침대
백미러와 좌우 깜빡이 속도계 클랙슨
들끓는 가솔린 등
전군(全軍)을 거느리고
연방 불굴의 후까시를 넣는다

으르렁거리는 폭발음에
지구가 몸을 떤다

달려라 도둑

도둑이 뛰어내렸다
추석 전날 밤 앞집을 털려다가 퉁기자
높다란 담벼락에서 우리 차 지붕으로 뛰어내렸다

집집이 불을 환하게 켜놓고 이웃들이 골목에 모였다

"글쎄 서울 작은집, 강릉 큰애네랑 거실에서 한잔하며 고
스톱을 치는데 어디라고 들어오냔 말야."
앞집 아저씨는 아직 제정신이 아니다
"그러게. 그리고 요즘 현금 가지고 있는 집이 어딨어, 다
카드 쓰지. 거 돌대가리 아냐?"라고 거드는 피아노교습소
집 주인 말끝에 명절 내가 난다
한참 있다가 누군가 이랬다
"여북 딱했으면 그랬을라고……"

이웃들은 하나둘 흩어졌다
밤이슬 내린 차 지붕에 화석처럼 찍혀 있는 도둑의 족적
을 바라보던 나는 그때 허름한 추리닝 바람에 낭떠러지 같

은 세상에서 뛰어내린 한 사내가 달빛 아래 골목길을 죽을
둥 살 둥 달려가는 걸 언뜻 본 것 같았다

소나무숲에는

소나무숲에는 뭔가 있다
숨어서 밤 되기를 기다리는 누군가 있다
그러지 않고서야 저렇게 은근할 수가 있는가
짐승처럼 가슴을 쓸어내리며
모두 돌아오라고, 돌아와 같이 살자고 외치는
소나무숲에는 누군가 있다
어디서나 보이라고, 먼 데서도 들으라고
소나무숲은 횃불처럼 타오르고
함성처럼 흔들린다
이 땅에서 나 죄없이 죽은 사람들과
다치고 서러운 혼들 모두 들어오라고
몸을 열어놓는 것이다
그렇지 않고서야 바람 부는 날
저렇게 안 우는 것처럼 울겠는가
사람들은 살다 모두 소나무숲으로 갔으므로
새로 오는 아이들과 먼 조상들까지
거기서 다 만나는 것 같다
그래서 우리나라 밥 짓는 연기들은

거기 모였다가 서운하게 흩어진다
소나무숲에는 누군가 있다
저물어 불 켜는 마을을 내려다보며
아직 오지 않은 것들을 기다리는 누군가 있다
그렇지 않고서야 날마다
저렇게 먼 데만 바라보겠는가

마가목의 노래

이홍섭

마가목이라는 나무가 있다. 원래 명칭은 마아목(馬牙木)으로, 새순이 말의 이빨처럼 힘차게 돋아서 붙여진 이름이다. 예로부터 풀 중에서는 산삼, 나무 중에서는 마가목을 으뜸으로 쳤다. 마가목 껍질로 말채찍을 만들어 말을 한대 때리면 말이 금세 쓰러져 죽을 정도라 하여 귀신도 쫓을 수 있는 신통한 나무라 했다. 이 마가목은 찬바람이 매섭게 몰아치는 높은 산정에서 많이 자란다. 척박한 곳에서도 잘 자라는 강인한 생명력을 지녔기 때문이다. 옛날 어르신들이 마가목으로 지팡이를 만들어 쓴 것에는 이러한 이유도 있었을 것이다.

이상국 시인은 마가목을 닮았다. 금세 말의 이빨 같은 새순이 힘차게 돋아날 듯 늘 젊음을 유지하고 있고, 찬바람이

몰아치는 높은 산꼭대기에서도 꿋꿋하게 살아갈 수 있을 것처럼 언제나 의연하다.

마가목은 실제 이번 시집의 공간적 배경이 된 내설악 백담사 아래 인제군 북면 용대리의 대표적 수종이다. 마가목이 붉은 열매를 주렁주렁 매달면 이 마을에서는 마가목을 상징으로 하는 문화축제가 열릴 정도이다.

> 면에서 심은 코스모스 길로
> 꽁지머리 젊은 여자들이 달리기를 한다
> 그들이 지나가면 그리운 냄새가 난다
> 마가목 붉은 열매들이 따라가보지만
> 올해도 세월은 그들을 넘어간다
> 나는 늘 다른 사람이 되고자 했으나
> 여름이 또 가고 나니까
> 민박집 간판처럼 허술하게
> 떠내려가다 걸린 나뭇등걸처럼
> 우두커니 그냥 있었다
> ──「용대리에서 보낸 가을」부분

나도 그처럼 이 용대리에서 마가목 붉은 열매가 되어 그리운 냄새를 따라가본 적이 있다. "늘 다른 사람이 되고자 했으나" "떠내려가다 걸린 나뭇등걸처럼/우두커니 그냥"

세월을 보낸 적이 있다. 그런 탓인지 나는 이번 시집 곳곳
에서 걸려 넘어진다.

　　장에서 돌아온 어머니가 나에게 젖을 물리고 산그늘을
　바라본다

　　가도 가도 그곳인데 나는 냇물처럼 멀리 왔다

　　해 지고 어두우면 큰 소리로 부르던 나의 노래들

　　나는 늘 다른 세상으로 가고자 했으나

　　닿을 수 없는 내 안의 어느 곳에서 기러기처럼 살았다

　　살다가 외로우면 산그늘을 바라보았다
　　　　　　　　　　　　　　　　　　　　　　　──「산그늘」 전문

　　앞의 시에서 "나는 늘 다른 사람이 되고자 했으나"라고
노래했던 시인은 이 시에서도 "나는 늘 다른 세상으로 가고
자 했으나"라고 노래하고 있다. 시는 늘 다른 사람, 다른 세
상을 꿈꾸고, 그것의 성취와 좌절을 노래하는 것이기는 하
지만, 이번 시집은 유달리 세월 앞에 무상한 좌절의 노래

들이 많다. "가도 가도 그곳인데 나는 냇물처럼 멀리 왔다"
는 인식이 그것이다. 그래서 애잔하고 서러운 감정을 자아
낸다. "사철나무 울타리에 몸을 감추고/누군가를 기다리던
한 소년"(「먼 배후」)이 "누구를 제대로 사랑한단 말도 못했
는데/어느새 가을이 기울어서/나는 자꾸 섶이 죽을 수밖에
없"(「상강(霜降)」)다는 자조에 이르기까지의 일생을 유장하
게 담고 있는 것이다.

그동안 이상국 시인이 보여준 시세계를 한마디로 표현하
면 '살림 우선주의'를 바탕으로 한 '인본주의적 세계'라고
할 수 있다. 그의 시는 늘 '살림의 공간'을 배경으로 삼아왔
고, 이 살림의 공간에서 부대끼는 서민들의 삶을 연민과 애
정으로 끌어안아왔다.『우리는 읍으로 간다』『집은 아직 따
뜻하다』『어느 농사꾼의 별에서』등 그가 펴낸 시집의 제목
들이 이를 잘 입증해준다.

시인의 이러한 세계관은 궁극적으로 우리가 상실해가는
자연과 인간의 조화와, 인간이 부대끼며 살아가는 공동체
의 조화에 관하여 숙고하게 만든다. 그의 시가 개성적인 것
은 이 같은 세계를 노래하는 그의 목소리가 늘 남성적이고
의연하다는 데 있다. 그의 시가 풍기는 강건함과 질박함, 그
리고 시적 기교를 뛰어넘는 진솔함은 여기에서 우러나온다.

이번 시집에서도 변함없이 이어지는 이러한 세계는 특히
'먹는 일'을 소재로 삼은 작품들에서 더욱 도드라진다. 먹

는 일은 생명과 살림의 기본이고, 산다는 것의 원초적 본질을 보여주는 행위이기 때문이다.

> 동서울터미널 늦은 포장마차에 들어가
> 이천원을 시주하고 한그릇의 국수 공양(供養)을 받았다
>
> 가다꾸리가 풀어진 국숫발이 지렁이처럼 굵었다
>
> 그러나 나는 그 힘으로 심야버스에 몸을 앉히고
> 천릿길 영(嶺)을 넘어 동해까지 갈 것이다
>
> 오늘밤에도 어딘가 가야 하는 거리의 도반(道伴)들이
> 더운 김 속에 얼굴을 묻고 있다
>
> ─「국수 공양」 전문

'공양'은 원래 불교에서 시주할 물건을 올리는 의식을 일컫는 말이었는데 음식을 먹는 행위를 일컫는 말로 번져갔다. 그만큼 음식의 소중함, 먹는 일의 성스러움, 그리고 시은(施恩)의 귀함을 잊지 말아야 함을 보여주는 말이다. '같은 길을 가는 사람'이라는 뜻의 불교 용어인 도반이 자연스러운 것은 이러한 까닭이다.

시인은 비록 이천원짜리 국수 한그릇이지만, 이것이 주

는 힘과 이것으로 말미암은 인간세(人間世)의 도반의식을 진솔하게 표현하고 있다. 포장마차(「국수 공양」「포장마차」), 국밥집(「저녁 술」), 막국숫집(「참 쓸쓸한 봄날」) 등의 공간과 라면(「라면 먹는 저녁」), 감자밥(「감자밥」), 장떡(「뿔을 적시며」), 모두부(「참 쓸쓸한 봄날」) 등 음식 이름이 줄줄이 등장하는 것은 이 때문이다. 시인은 「라면 먹는 저녁」에서 라면을 먹으며 "눈 내리는 고향을 생각한다"고 했는데 이는 음식이 환기하는 감각이 그만큼 삶의 원초성과 닿아 있다는 것을 보여준다. 이는 우리 시사(詩史)에서 음식을 시의 소재로 즐겨 삼은 대표적 시인인 백석과 닮았다. 시인이 받은 백석문학상이 그의 시세계와 어울려 보이는 이유 중의 하나도 여기에 있다.

이상국 시인의 고향은 속초와 인접한 강원도 양양군 강현면 강선리이다. 시인은 여기에서 자랐고, 시 역시 양양과 속초를 주 무대로 삼아왔다. 특이한 점은 그가 바다와 가까운 곳에서 생의 대부분을 보냈지만 늘 '농사꾼의 아들'임을 자임한다는 것이다. 그의 시에 주로 바다가 아닌 '땅'이 등장하는 것은 이 때문이다. 가령 시인이 "논도 밭도 없으면서/농협 앞 난전을 지날 때면/괜히 호미나 낫을 사기도 했지/마치 농사깨나 짓는 사람처럼"(「원통(元通)」)이라고 노래할 때, 그는 영락없는 농사꾼의 아들이다. 아래 시는 앞서 말한 이상국 시의 특징들이 아름다운 화음을 이룬 작품이다.

옥상에 올라가 메밀 베갯속을 널었다
나의 잠들이 좋아라 하고
햇빛 속으로 달아난다
우리나라 붉은 메밀대궁에는
흙의 피가 들어 있다
피는 따뜻하다
여기서는 가을이 더 잘 보이고
나는 늘 높은 데가 좋다
세상의 모든 옥상은
아이들처럼 거미처럼 몰래
혼자서 놀기 좋은 곳이다
이런 걸 누가 알기나 하는지
어머니 같았으면 벌써
달밤에 깨를 터는 가을이다

—「옥상의 가을」전문

　이 시는 옥상에 올라가 메밀 베갯속을 너는 장면에서부
터 시작되어 달밤에 깨를 터는 어머니를 회상하는 것으로
마무리된다. 붉은 메밀대궁에서 '흙의 피'를 떠올리며 이를
"피는 따뜻하다"는 잠언으로 연결 짓고 마침내 달밤에 깨
를 터는 어머니를 연상해내는 과정 속에서 농사꾼의 상상

력과 살림 우선주의, 그리고 자연과 인간의 조화가 자연스러운 화음을 만들어낸다.

　이번 시집은 '집'이 화두가 된 드문 예로 기억될 것이다. '집'은 한곳에 머물며 경작을 해야 하는 농사꾼의 아들이 꿈꾸는 최고의 성(城)이다. "추우니까 집에 가고 싶다"(「집에 가고 싶다」)는 시인의 고백이 가슴에 와닿는 것은 이러한 까닭이다. 또다른 작품 「혜화역 4번 출구」 역시 제목과는 달리 실은 집에 관한 노래이다.

　　딸애는 침대에서 자고
　　나는 바닥에서 잔다
　　그애는 몸을 바꾸자고 하지만
　　내가 널 어떻게 낳았는데……
　　그냥 고향 여름 밤나무 그늘이라고 생각한다

　　나는 바닥이 편하다
　　그럴 때 나는 아직 대지의 소작이다
　　내 조상은 수백년이나 소를 길렀는데
　　그애는 재벌이 운영하는 대학에서
　　한국의 대 유럽 경제정책을 공부하거나
　　일하는 것보다는 부리는 걸 배운다
　　그애는 집으로 돌아오지 않을 것 같다

내가 우는 저를 업고

별하늘 아래서 불러준 노래나

내가 심은 아름드리 은행나무를 알겠는가

그래도 어떤 날은 서울에 눈이 온다고 문자메시지가

온다

그러면 그거 다 애비가 만들어 보낸 거니 그리 알라고

한다

모든 아버지는 촌스럽다

나는 그전에 서울 가면 인사동 여관에서 잤다

그러나 지금은 딸애의 원룸에 가 잔다

물론 거저는 아니다 자발적으로

아침에 숙박비 얼마를 낸다

나의 마지막 농사다

그리고 헤어지는 혜화역 4번 출구 앞에서

그애는 나를 안아준다 아빠 잘 가

—「혜화역 4번 출구」전문

이 시에서 시인은 자신을 "나는 아직 대지의 소작"이라
고 정의한 뒤, "한국의 대 유럽 경제정책을 공부"하는 딸이
"집으로 돌아오지 않을 것 같다"고 말한다. 그리고 딸애의

"원룸"에서 자고 난 뒤 "숙박비 얼마를" 내는 행위를 "나의 마지막 농사"라고 표현한다. 물론 이 시는 딸에 대한 애정을 배면에 깔고 있지만, 동시에 집을 최고의 성으로 여기던 '농사꾼의 시대'가 끝나가고 있음을 쓸쓸하게 노래한 작품이라 할 수 있다. 이제는 더이상 집을 그리워하지 않는 시대가 된 것이다. 시인이 꿈꾸었던, 집이 지닌 따뜻함과 그리움, 그리고 소박하지만 훈훈한 공동체의식이 사라진 시대가 온 것이다.

마가목의 흰 꽃은 마치 하얀 눈꽃송이처럼, 꿈 많은 소년처럼 소복하게 핀다. 식물도감에서는 이러한 모양을 두고 복산방꽃차례를 이루며 핀다고 설명한다. 이 하얀 꽃들은 초여름이 되면 눈 녹듯이 져버린다. 그러면 소엽들은 더욱 짙은 초록을 발산하다가 가을이 되면 다른 나무들보다 일찍 단풍이 든다. 또 그러면 가지가 휘어져라 붉은 열매들이 주렁주렁 매달린다. 이 열매들은 잎이 모두 떨어지고 흰 눈이 천지를 덮어도 여전히 붉게 매달려 있다. 눈 덮인 겨울 산정에서 붉은 열매를 달고 있는 마가목을 보면, 장관은 장관인데 왠지 모르게 '슬프게 서러운 장관'이라는 느낌에 사로잡힌다.

이상국 시인의 이번 시집도 그렇다. 이번 시집에는 늘 다른 사람, 다른 세상을 꿈꾸며 복산방꽃차례를 이루며 피어났으나, 다른 나무들보다 일찍 단풍이 든 비애가 서려 있다.

그리고 눈이 내리는데도 여전히 붉은 열매를 달고 있는 서러움이 배어나온다. 외로운 아버지처럼 슬프게 서러운 장관을 보는 듯하다.

텅 빈 겨울산에는 마가목 열매만이 남아 있다. 눈이 얼어붙어 있는 이 열매들이 먹을 게 없는 겨울 철새들을 먹여 살린다. 마가목 열매는 입안에서 마취 성분으로 발효되는 성분을 함유하고 있어서 이를 쪼아먹은 겨울 철새가 이따금 술 취한 듯 비틀거리곤 한다. 이상국 시인의 이번 시집을 읽는 나의 모습이 꼭 그 겨울 철새를 닮았다.

李弘燮 | 시인

거의 십여년 미시령을 넘어다녔다.

그곳의 사람 사는 마을들과 풍광, 길이 지니고 가는 스스로의 치열함과 고립을 나는 충분히 사랑하고 즐겼다. 그리고 그 길 위에서 스쳐지나간 많은 사람들, 타락을 모르는 나무들과 늘 같이 걸었다.

나는 마치 아침에 산속으로 들어갔다가 저녁에 바닷가로 나오는 바람과 같았다.

길 하나가 집으로 돌아가고 시 몇편이 남았다.

2012년 2월
설악산 자락에서
이상국

창비시선 342

뿔을 적시며

초판 1쇄 발행 / 2012년 2월 20일
초판 9쇄 발행 / 2026년 1월 5일

지은이 / 이상국
펴낸이 / 염종선
책임편집 / 이하나
펴낸곳 / (주)창비
등록 / 1986년 8월 5일 제85호
주소 / 10881 경기도 파주시 회동길 184
전화 / 031-955-3333
팩시밀리 / 영업 031-955-3399 편집 031-955-3400
홈페이지 / www.changbi.com
전자우편 / lit@changbi.com